Diese eine Nacht

Ava Pink

telegonos-publishing

Über dieses Buch:

Jeden Freitag ist Raffa in ihrer Stammkneipe und jeden Freitag nimmt sie irgendeine andere Frau mit nach Hause. Sex ja, Liebe nein. Leah ist eine ihrer Eroberungen, doch nach dieser einen Nacht, bekommt Raffa Leah einfach nicht mehr aus dem Kopf. Dumm nur, dass auch Leah nur einen One Night Stand wollte und nicht mal eine Telefonnummer hinterlässt. Für Raffa beginnen Wochen des Frustes und auch eine Zeit, in der sie sich über ihr bisheriges Leben Gedanken macht. Wird sie Leah jemals wiedersehen und diese Nacht wiederholen?

© Ava Pink, 2019 - für die Erotik-Lounge des Telegonos-Verlages www.telegonos.de (Haftungsausschluss und Verlagsadresse auf der website)

Covergestaltung: Kutscher Design

Herstellung und Verlag:
BoD - Books on Demand, Norderstedt
ISBN: 978-3-7534-4281-5

Diese eine Nacht

Ava Pink

telegonos-publishing

Dunkelrot sind sie, deine Lippen. Ein Kirschrot, würde ich tippen, verführerisch und voll, als hättest du es darauf angelegt, dass man nur dorthin sieht. Aber ich lasse mich davon nicht ablenken, so gerne ich auch wissen möchte, wie sie schmecken. Diese kirschrot geschminkten, zum Küssen einladenenden Lippen.

Du bist jeden Freitag hier, so wie ich. Jeden Freitag sitze ich in meiner Ecke und beobachte dich.

Du spielst.

Jeder kennt dich, denn du legst es darauf an, gesehen zu werden. Dein Körper - makellos und schlank. Wohlgeformt an den richtigen Stellen, nicht zu viel und nicht zu wenig.

Du weißt es.

Dein ungebändigtes rotes Haar trägst du offen. Die wilden Locken sind wie dein Schleier, wenn du dich im Rhythmus der Musik bewegst. Wenn du tanzt, als gäbe es kein Morgen, keine Sorgen und nichts, was dir die Freude am Leben nimmt. Deine Bewegungen sind elfengleich. Geschmeidig und kraftvoll. Deine Augen ...

Du siehst.

Erinnerst du dich noch an mich? Du hast mich angesehen, eines Abends, als du dich lachend zur Musik im Kreis gedreht hast. Unsere Blicke trafen sich, verharrten, doch du zogst weiter. Ließest mich zurück, gefangen in der Erinnerung deiner Augen. Mir blieb nur dasselbe, wie allen anderen: dich aus der Ferne zu bewundern.

»Hi«, sagte sie lächelnd und warf mir einen kleinen Seitenblick zu. Nicht so einer, der Interesse bekundet hätte, sondern einfach nur so ein Blick, weil sie zufällig neben mir stand und sich etwas zu trinken bestellte.

Wodka Red Bull! Okay, über Geschmack lässt sich bekanntlich streiten.

»Hi«, gab ich es ebenso geistreich zurück und orderte noch einen Gin Tonic.

Mein Blick glitt an ihr herunter - wie sollte er auch nicht? Sie war rattenscharf. Nicht auf eine aufdringliche Art und Weise, aber diese - war es gespielt? - Ihre Unschuld heizte mir ordentlich ein. Das knielange, hauchdünne

Flatterkleidchen umspielte ihre Konturen. Die Riemchensandalen mit hohem Keilabsatz ließen ihre Beine schier unendlich wirken. Dabei war sie gar nicht so wahnsinnig groß. Ihre Finger, mit den hellblau lackierten Nägeln, waren schlank, fast schon filigran. Musikerin?, überlegte ich. Vielleicht Pianistin? Nein, wohl eher Kunststudentin.

Sie hatte wohl bemerkt, dass ich sie anstarrte, denn sie warf mir wieder ein Lächeln zu. Diese Lippen ... Sonst war nichts in ihrem Gesicht geschminkt, nur diese tiefroten Lippen. Ich räusperte mich, schaute demonstrativ in die andere Richtung, doch schon im nächsten Moment entschied ich mich anders. Jetzt oder nie.

»Gehst du hier zur Uni?«

Sie warf ihre roten Locken über die andere Schulter, um mich besser ansehen zu können.

»Ja, tatsächlich.« Zwischen ihren roten Lippen blitzten perlweiße Zähne auf. »Deutsch und Geschichte auf Lehramt.«

Wow, meine Menschenkenntnis war auch für den Arsch. Sie würde auf jeden Fall die Schärfste aller Deutsch- und Geschichtslehre-

rinnen sein. Wenn ich da an meine zurück-
dachte ... Ich schauderte kaum merklich.

»Und du?«, fragte sie, wohl eher, um die
Zeit zu überbrücken, bis ihr Drink kam, als
aus echtem Interesse.

»Ich? Ich arbeite in einem Grafikerbüro,
nicht weit von hier.«

»Cool.«

Selbst dieses bescheuerte Wort klang aus
ihrem Mund wie eine Symphonie. Ich stellte
mir vor, wie ein Stöhnen aus diesem Mund
kam. Wie sich ihre Lippen zu einem Lächeln
verzogen, wenn ich ...

Alles zu seiner Zeit.

»Ich habe dich schon öfter hier gesehen,
oder?« Jetzt zeigte sie doch Interesse.

»Bin jeden Freitag hier«, antwortete ich
und schenkte ihr ein schiefes Grinsen.

Anzüglich? Nein! Ich riss gerne Frauen auf,
nur aus diesem Grund war ich jeden Freitag
hier. Die Frage war nur - warum war sie hier?

»Bist du mit Freunden da?«, wollte ich
wissen.

»Ja, mit Kommilitonen.« Sie deutete in den
letzten Winkel des Schuppens. »Einfach mal

ein bisschen Dampf ablassen. Und es liegt so nahe an unserer Wohnung, da können wir auch zurückwanken, wenn wir zu viel getrunken haben.« Sie kicherte. Mädchenhaft irgendwie. Albern, aber auch irgendwie süß. »Ich bin Leah«, meinte sie, während der Barkeeper ihren Wodka Red Bull auf die Theke stellte und auf die Bezahlung wartete.

»Ich mach das«, hörte ich mich sagen, kramte mein Portmonee raus und bezahlte das Getränk. »Und vergiss meinen Gin Tonic nicht«, wies ich ihn noch an.

»Hey, danke. Das wäre aber nicht nötig gewesen.« Ihre Augen strahlten, als sie einen Schluck trank. »Und wie heißt du?«

»Oh, sorry. Raffa. Na ja, eigentlich Raphaela, aber niemand nennt mich so - außer meine Großmutter vielleicht.« Ich lachte und sie tat es auch. Ein ehrliches Lachen. Scheinbar gefiel ihr meine Gesellschaft.

Als endlich mein Drink gebracht wurde, stieß ich mit Leah an. Leah ... wie die Prinzessin, nur hübscher und ohne nervigen Luke Skywalker.

»Magst du mit rüberkommen? Meine Freundinnen haben sicher nichts dagegen.«

»Hm«, machte ich. »Oder, sofern du nicht vermisst wirst, unterhalten wir uns.« Einen lasziven Wimpernschlag hatte ich auch drauf.

»Klar, gerne.« Leah klemmte sich eine Locke hinters Ohr und sah mich aus halbgeschlossenen Lidern an. Sie wusste es ... wusste ganz genau, warum sie hier war und welche Wirkung sie hatte. Spiel nur weiter die Unschuld! Mein Jagdtrieb war geweckt. Diese hübsche rothaarige Maus entzog sich, näherte sich und entzog sich wieder. Ja, eindeutig ihr Spiel. Ich steuerte etwas in ihre Richtung. Nicht zu viel, genug Abstand, um ihr Freiraum zu gewähren, aber nah genug, um meine Absichten zu verdeutlichen.

Wir beide, Baby. Heute Nacht ... auch wenn du das jetzt noch nicht weißt!

»Und was machst du, wenn du mal gerade nicht hier Dampf ablässt oder studierst?«

Ihre Lippen berührten das Glas, liebkosten es beinahe, sodass mir schwindelig wurde.

»Nicht viel«, antwortete sie. »Eigentlich bin

ich ganz langweilig.«

»Und uneigentlich?«, hakte ich nach und schob meinen Körper noch etwas mehr in ihre Richtung. Fast konnte ich sie riechen. Sie lachte rau. Es passte nicht zu ihr, aber irgendwie auch doch. Ich hatte gewusst, dass sich hinter ihrer gespielten Unschuld mehr verbarg. Leah strich sich wieder die Haare aus dem Gesicht. Lächelte mysteriös. Schenkte mir einen Augenaufschlag, der alles zu sagen schien.

»Uneigentlich habe ich den 1. Kyu in Karate, gehe gerne wandern und mache Free Climbing.« Sie zwinkerte. »Nur eins davon ist die Wahrheit.«

Ich machte einen Schritt zurück, ließ meinen Blick über ihren Körper gleiten. Ich hielt sie nicht für abgebrüht genug, ohne Sicherung irgendwelche Felswände zu erklimmen, und mit Rucksack und Trekking-schuhen sah ich sie auch nicht unbedingt. Jedenfalls hoffte ich, dass sie keine Wander-maus war, denn ich war in der Hinsicht nicht wirklich begeisterungsfähig.

»Karate«, sagte ich schmunzelnd. »Ich weiß

nicht mal, was ein 1. Kyu ist.«

Lachend warf Leah den Kopf in den Nacken, sodass ihre Mähne weit über den runden Po reichte.

»Erwischt. Also sei schön artig, sonst strecke ich dich Chuck-Norris-mäßig nieder.«

Ich erzitterte gespielt und rückte ihr wieder näher auf den Pelz. Hätte ich eine künstlerische Ader, hätte ich sie malen wollen. Genau jetzt, in diesem Moment, in dem sie wieder ihr Glas ansetzte, dabei genüsslich die Augen schloss und sich anschließend mit der Zunge über diese Kirschlippen fuhr. Wusste sie, worauf das hier heute hinauslaufen würde?

»Und was machst du so, außer in deinem Grafikbüro zu arbeiten?«, fragte sie nach einem kurzen Verlegenheitsmoment. »Auch irgendeine abgefahrene Sportart?«

»Eher weniger. Ich jogge hin und wieder als Ausgleich, aber das war es auch schon mit sportlicher Betätigung. Es sei denn ...«

»Es sei denn?«

»Es sei denn, Matratzensport wird irgendwann olympisch. Dann qualifiziere ich mich auf jeden Fall.«

Ihr Lachen scholl durch den gesamten Raum und während sie so schön abgelenkt war, rutschte ich noch näher. Nah genug, um endlich ihren Duft zu inhalieren. Nichts Aufdringliches. Ein leichtes Parfum mit einer Vanillenote.

»Du nimmst nicht unbedingt ein Blatt vor den Mund, hm?« Leah kicherte weiter und sah mir direkt in die Augen. Ernst, sinnlich. »Sag mir, was du willst, Raffa.«

Da war nicht mehr das Mädchenhafte in ihren Augen. Ich sah, wie sich ihr Brustkorb hob und senkte. Wie sie ihre Lippen etwas öffnete - einladend. Mein Unterleib stand in Flammen. Ich spürte, wie die Feuchtigkeit sich ungewollt ihren Weg bahnte. Wie es kribbelte. Gott, ich wollte diese Frau! Mehr als alles andere auf der Welt. Ich war so von ihrem Wesen eingenommen, dass ich nicht mal mitbekam, dass sie am heutigen Abend eigentlich die Verführerin war. Ich war ihr hilflos ausgeliefert, unfähig, mein Ding durchzuziehen, denn sie hatte mir die Tour vermasselt. Leah war es, die letztendlich mich dazu brachte, mit nassem Höschen dazustehen. Die Unschuld vom Land! Das ich nicht lache! Sie wusste von Anfang an, wie sie mich manipulieren konnte und ich war darauf reingefallen. Wer riss hier wen auf, Baby? Ich grinste. Egal wie, ich würde diese Frau heute Nacht in meinem Bett haben, also wen juckte es, wer wen aufgerissen hatte?

»Ich will dich«, antwortete ich mit fester Stimme und ließ meinen Daumen über ihren Handrücken gleiten. »Ich will dich küssen!«

Ihre Lippen verzogen sich zu einem Schmollmund. Sie beugte sich zu mir rüber, sodass ihre Haare mein Gesicht kitzelten und ihr Atem mein Ohr streifte.

»Willst du mich auch ficken?«, hauchte sie.

Ich lachte kurz auf. Ein raues, ungläubiges Lachen. Diese kleine Bitch! Und doch kam ich nicht umhin zuzugeben, dass sie mich am Wickel hatte. Selbst wenn ich gewollt hätte, aus der Nummer kam ich nicht mehr raus. Mein Körper hatte mittlerweile ein Eigenleben entwickelt. Ich drehte Leah mein Gesicht zu, zwischen unsere Nasen passte kein Blatt Papier. Meine Hände verloren sich an ihren Beinen. Ohne ihrem Blick auszuweichen, streichelte ich ihre Oberschenkel, bis sie blinzelte. Sieh an, so cool war die süße Leah dann doch nicht.

»Ja,« sagte ich, »genau das habe ich vor.«

Ihre Lippen streiften meine, mein Atem vermischte sich mit ihrem. Ich vernahm ein leises Keuchen, spürte ihre Hand, die sich auf meinen Po gelegt hatte. Unschuldig - hätte ich es nicht besser gewusst. Ich wollte sie nackt! Nackt unter mir, ich wollte diese Brüste streicheln, ihre Schenkel liebkosen und verdammt, endlich ihre Lippen küssen.

»Kommst du mit zu mir?«, fragte ich, ohne mich zu lösen. Gefangen in ihrem Blick. Ich sah die Lust darin, das Feuer. Spürte ihren Atem, heiß und ungeduldig. In meiner Fantasie malte ich mir aus, wie sie in ihrer bestimmt verspielten Unterwäsche aussah. Innerlich grinste ich. Trug sie einen Hello Kitty Slip? Machte sie auch im Bett einen auf die süße Maus? Wohl eher nicht. Sie wollte begehrt werden. Erobert, ohne Scheu zu sagen, was sie dachte. Coole Masche. Tanz für mich, Baby! Ich wusste, dass dein Interesse mir galt.

»Ja.« Es war nur gehaucht. Perlig kam ihr das Wort von den Lippen, kaum wahrnehmbar für die Umherstehenden. Es war wie ein Zauber, dem wir unterlagen und ich war bereit, diese Magie zu nutzen. Ebenso wie sie. Ich nahm Leahs Hand, führte sie hinaus auf die Straße und als wenn das Schicksal mir wohlgesonnen war, nieselte es. Feine Tröpfchen verfingen sich in ihrem roten Haar. Wie kleine Diamanten funkelte diese Mähne aus roter Wollust. Der Himmel war von Wolken verhangen, kein Mond, keine Sterne. Nur dieser feine, leichte Regen, der unschön langsam aber stetig die Kleidung durchnässte.

»Komm.« Ich zog Leah hinter mir her. »Ich wohne nur eine Straße weiter.« Lachend rannten wir durch den Regen, bis sie sich losriss und auf der Straße zu tanzen begann.

»Ich liebe Regen.« Lachend drehte sie sich im Kreis, den Mund geöffnet und das Gesicht gen Himmel gestreckt, um die Tropfen auf ihren süßen Lippen zu spüren. »Tanz mit mir, Raffa. Jetzt hier und im Regen.«

»Du wirst dich noch erkälten.« Ich wollte

nicht tanzen, ich wollte ihr dabei zusehen.

Tropfen für Tropfen durchnässte der Regen ihre Kleidung. Das dünne Fähnchen Stoff an ihrem Leib ließ mittlerweile mehr durchblicken, als es verdeckte. Kugelrund zeichneten sich ihre harten Nippel durch die zarte Textilie ab und ich konnte nicht behaupten, dass mich das kalt ließ. Ganz und gar nicht kalt! Mein Unterleib begann zu pulsieren und ich leckte mir unwillkürlich über die Lippen. Sie war so schön. Ich musste sie einfach haben.

Lachend und triefnass fiel sie mir um den Hals und rieb ihr Haar an meinem Gesicht.

»Ich brauche dringend eine heiße Dusche«, hauchte sie, wobei ihre Lippen die meinen streiften. »Rubbelst du mich danach trocken?«

Der Blick in ihre Augen ließ mich hart schlucken.

»Ich werde alles tun, was du willst«, gab ich rau zurück. Meine Finger strichen über ihr Schlüsselbein und an ihren Armen entlang, auf denen sich mittlerweile eine Gänsehaut gebildet hatte. Meine Lippen berührten ihre, neckten sie, bis ich Leahs stoßweisen Atem vernahm. Sie presste sich an mich, streichelte meine Wange und ließ ihre Zunge über meine Lippen streifen. Hauchzart, doch es schoss mir in sämtliche Eingeweide.

»Diese eine Nacht, Raffa. In dieser Nacht gehöre ich dir.«

Damit konnte ich leben, denn ich war eher nicht so der Beziehungstyp. Besser, wir hatten das vorher geklärt, denn es gab kaum etwas Schlimmeres, als Frauen, die morgens einfach nicht verschwanden. Die darauf warteten, dass sie noch Frühstück bekamen und sich - oh Graus - unterhalten wollten. Ich hatte sie alle gehabt. Lesben, Bi-Frauen, Heteros - doch ich war sie alle auf die gleiche Weise losgeworden: Ruf mich nicht an, ich melde mich bei dir! Ja, haha, von wegen. Okay, einige von den Mädels waren ganz froh, nie wieder von mir zu hören. Die, die sich eigentlich gar nicht zu einer Frau hingezogen fühlten und es als Ausrutscher abtaten. So was passiert, oder nicht? Zu viel getrunken und zack, will man plötzlich auch zu den coolen Mädchen gehören und mal eine Frau küssen. Nur, dass es bei mir nie beim Küssen geendet hatte. Ich wollte nicht küssen, ich wollte sie ficken. Schon morgen Abend würde auch Leah nur noch eine flüchtige Duftspur sein, die sich in meinen Laken verfangen hatte.

»Dann lass uns keine Sekunde mehr davon vergeuden«, antwortete ich jetzt, zog meine Jacke aus und legte sie ihr über die Schultern.

Während Leah unter meiner Dusche stand, köpfte ich eine Flasche Sekt, zündete ein paar Kerzen an und entledigte mich auch meiner nassen Klamotten. Ihre Sachen hatte ich bereits in den Wäschetrockner verfrachtet und ihr ein Shirt von mir bereitgelegt. Obwohl sie das sowieso nicht lange tragen würde. Irgendwie war ich nervös, was total lächerlich war. Ich war die souveräne Verführerin! Ich war die, die andere Frauen zu multiplen Orgasmen führte, sie dabei beobachtete und jede Sekunde davon genoss. Doch Leah war anders als die anderen. Sie war wie ein seltenes Geschöpf, wie eine kostbare Blume und ich konnte mich nicht daran erinnern, jemals eine Frau so begehrt zu haben. In meinem Nachtschrank befand sich genug Spielzeug, sodass man damit einen Swingerclub hätte ausstatten können. Aber das Zeug brauchte ich meist nur bei den Heterofrauen und dazu gehörte Leah ganz eindeutig nicht. Vielleicht war sie sich noch nicht ganz schlüssig, ob ein Dasein als Lesbe das Richtige für sie war, aber ich würde sie auf den Pfad der Tugend führen und ihr zeigen, dass es genau DAS Richtige war!

Meine Gedanken ließen mich grinsen. Der Pfad der Tugend - nun, den würden wir heute Nacht mit an Sicherheit grenzender Wahrscheinlichkeit überschreiten. Aber so was von ...

»Ich dachte, dein Shirt ist zwar bestimmt ganz kuschelig, aber brauchen werde ich es wohl eher nicht, oder? Die Dusche hat mich schon aufgewärmt.«

Ich drehte mich langsam um und sah Leah im Rahmen der Schlafzimmertüre stehen. Nackt! Gänzlich nackt! Die roten Haare bedeckten nur zum Teil wie ein natürlicher Schleier ihre Brust, doch die spitzen Knospen, die sich mir erwartungsvoll entgegenstreckten, konnte nichts und niemand verbergen. Mein Hals fühlte sich plötzlich so unendlich trocken an, sodass ich mich mehrfach räusperte. Ernsthaft? Ich führte mich auf, als hätte ich noch nie eine nackte Frau gesehen. Aber Leah war einfach unbeschreiblich. Nicht zu dünn und trotzdem perfekt proportioniert. Wie eine Leinwandgöttin der 50ziger-Jahre. Ihre milchigweiße Haut ergab einen perfekten Kontrast zu ihrem roten Haar und ließ sie noch femininer wirken. Ich ließ meinen Blick über ihren Körper streifen, nahm jede Kleinigkeit in mich auf. Das Auge isst mit, oder nicht? Ihr Schambereich war rasiert. Nicht komplett, aber fein säuberlich gestutzt und in Form gebracht. In ihrem Bauchnabel hing ein kleiner, goldener Ring und auf ihrer linken Hüfte prangte eine Rosenranke. Vielleicht hatte ich einen Moment zu lange gezögert, denn plötzlich änderte sich ihr Gesichtsausdruck.

»Gefalle ich dir nicht?«

»Ob du ...?« Ich schluckte und lachte leise. »Babe, in meinem Kopf spielen sich gerade

Dinge ab, von denen wagst du nicht mal zu träumen.« Ich ging auf sie zu, griff um ihre Taille und zog sie zu mir heran, sodass kein Blatt mehr zwischen und passte.

Der kirschrote Lippenstift war verschwunden, doch so natürlich war sie noch hübscher. Diese Frau war so scharf, sprühte vor Erotik, sie brauchte keine Hilfsmittel. Ich versenkte meine Lippen auf ihrem Mund, den sie bereitwillig öffnete. Genauso hatte ich mir ihre Lippen vorgestellt. Süß, voll und willig. Diese Kirschlippen ... Meine Zunge glitt wie von selbst in ihren Mund, spielte, tanzte und jagte mir Stromstöße durch den Körper, wie ich es noch nie erlebt hatte. Ich zog sie noch enger an mich, sofern das überhaupt möglich war. Ihre Wärme drang durch mein T-Shirt, ihr feuchtes Haar kitzelte mein Gesicht. Ich war verloren, legte all meine Leidenschaft in diesen Kuss, der gleichermaßen meine Denkfunktion ausschaltete und meinen Unterleib dazu brachte, vor Wonne fast auszulaufen. Noch nie hatte ich eine Frau, die derart küssen konnte!

Leahs Hände begaben sich auf Wanderschaft. Zupften an meinem Shirt, dessen ich mich umständlich entledigte, weil auch nur eine Sekunde zu viel war, in der ich ihre Nähe nicht mehr fühlte. Nackt standen wir beieinander. Unsere Brüste berührten sich. Ihr Blick glitt an mir hinunter, bis er meine Augen wieder gefangen hielt. Ich versank in diesen tiefgrünen Augen, sah etwas darin, was ich nicht zu deuten vermochte. Lust, ja, unaussprechliche Lust, aber noch etwas anders. Bedauern? Ein Hauch von Traurigkeit? Vielleicht darüber, dass das, was wir gerade erlebten, ein nicht widerholbares Unterfangen war? Dass wir beide wussten, wie gut wir zueinander passten und uns doch darüber im Klaren waren, dass uns nur diese eine Nacht gehörte?

»Lass es uns genießen, Baby«, wisperte ich, küsste sie und drängte Leah zum Bett.

Ich wollte nichts überstürzen, wollte jeden Zentimeter ihres Körpers genießen. Ihre Brüste, mit den prallen Nippeln, an denen ich jetzt knabberte, bis sie aufstöhnte und ihr Becken in meine Richtung schob. Mein Knie lag zwischen ihren Beinen. Spürte ihre Hitze und die Feuchtigkeit, mit der sie mich benetzte. Ich ließ sie gewähren, als sie mein Gesicht in ihre Hände nahm und mich küsste, als gäbe es kein Morgen. Ihre Lippen an meinen, ihr pulsierender Unterleib, der sich unter mir bewegte. Ihre spitzen Knospen, die meine eigene Brust streiften und die mich fast in den Wahnsinn trieben. Ich wollte sie lecken, meine Finger in ihr versenken. Ich wollte sie beschützen, ihr wehtun, sie besitzen und ihr die Freiheit schenken. Leah ... Diese Frau war meine Erfüllung und doch wusste ich es nicht. Ich benutzte sie, so, wie sie mich benutzte. Wir fickten, nicht mehr und nicht weniger.

Diese Nacht ... Leah lag schweißgebadet neben mir, ihr Gesicht zu mir gewandt und sie lächelte, während sie mit einem Finger die Konturen meines Busens nachzeichnete.

»Danke«, sagte sie. »Danke, dass du so bist, wie du bist, Raffa.«

»Wie bin ich denn?«

»Na ... du selbst eben. Ich hatte echt die geilste Nacht meines Lebens, weil du darauf bedacht warst, mir genau das zu geben. Ich habe dich beobachtet. Ich weiß genau, dass es dir darum ging, dass ich komme.«

»Ich liebe es, wenn du kommst.« Meine Stimme zeugte schon wieder davon, wie es in mir aussah. Ich war so heiß auf diese Frau, dass ich kaum noch klar denken konnte.

»Ich weiß.« Leah lächelte. »Aber jetzt will ich sehen, wie du kommst. Lass mich dich verwöhnen, Du bist so unglaublich, ich weiß nicht, wann ich das letzte Mal so oft gekommen bin. Aber jetzt bist du dran, Honey.« Ihre Lippen senkten sich auf meine. »Lass mich dich schmecken, okay?«

Leah zog mich in die Höhe und drehte mich, sodass ich mit dem Rücken zu ihr kniete. Dann setzte sie sich ganz nah hinter mich, so nah, dass ich ihren heißen Atem im Nacken spürte. Eine Hand umschloss eine meiner Brüste und zwirbelte spielerisch meine erregten Nippel. Die andere Hand ließ sie quälend langsam über meinen Bauch gleiten. Ich hielt die Luft an und spürte meine eigene Feuchte auf den Innenseiten meiner Oberschenkel. Ihr weicher Busen drückte gegen meinen Rücken, ihre Zunge fuhr feucht und heiß meinen Nacken und an den Schultern entlang. Immer wieder zwickte sie mich leicht in die Brustwarzen, bis mir ein lustvolles Stöhnen entfuhr. Alleine ihre Berührungen brachten mich beinahe an den Rand eines Orgasmus, doch Leah zögerte es hinaus. Sie genoss sichtlich ihre zärtliche Folter. Ich schob meinen Hintern näher an sie heran, spreizte willig die Schenkel. Eine stumme Aufforderung, mich endlich dort zu berühren, wo sich mittlerweile ein Schwel-brand ausgebreitet hatte. Meine Klitoris pochte in freudiger Erwartung, sehnte sich nach Erlösung. Ich fasste hinter mich, sodass ich ihre prallen Pobacken massieren konnte. Spürte, wie auch sie einem erneuten Höhe-punkt entgegensteuerte. Endlich ließ Leah ihre Hand weiterwandern. So zart wie der Flügelschlag eines Schmetterlings, tanzten ihre Finger über meine Klitoris. Strichen sanft durch die mittlerweile nasse Spalte. Ich senkte das Becken, um ihren Fingern näher zu sein. Um sie zu zwingen, mich endlich zu nehmen und meine süße Qual zu beenden.

Ich hörte, wie sie leise lachte. Fast schadenfroh. Ich keuchte auf, als sie zwei Finger in mich einführte und sie langsam bewegte. Ihr Daumen spielte weiterhin mit meiner Klit, ließ sie anschwellen und pochen. Ich drehte den Kopf zur Seite, suchte ihre Lippen, die sich heiß und leidenschaftlich auf meine legten. Ihre Zunge tanzte in meinem Mund im selben Rhythmus, wie ihre Finger in meiner Spalte. Vor meinen geschlossenen Augen explodierten Sterne und gleichzeitig explodierte auch ich. Heftig und laut rollte der Orgasmus über mich, ließ mich beben und zittern, doch Leah hielt ich fest umschlungen. Wieder und wieder ließ sie mich kommen, verteilte meine Nässe und ließ erst von mir ab, als ich erschöpft zusammensackte.

Gänzlich befriedigt hielt ich sie im Arm. Ich lag hinter ihr, hielt sie, als wolle ich sie nie wieder loslassen. Leah atmete ruhig und zufrieden. Sie war eingeschlafen und kuschelte sich an mich. Dieser Moment war magisch und so vertraut, dass es mir fast

Angst machte. Wir hatten uns doch eben erst kennengelernt. Es sollte nicht vertraut sein. Sobald die Nacht vorüber war, würde sie gehen und eventuell würden uns hin und wieder an diese Nacht erinnern. Nein, nicht eventuell. Nicht, was mich anging. Leah hatte mir den unglaublichsten Sex beschert, den ich jemals erlebt hatte. Unsere Körper waren wie für einander geschaffen. Unsere Seelen schienen sich verbunden zu haben. Wie ich schon sagte: Es war magisch.

Ich schloss die Augen und sog den Duft ihrer Haare ein. Das war verrückt und trotzdem fühlte es sich so richtig an.

Als wir morgens aufwachten, lag Leah noch immer in meinen Armen. Ich spürte, wie sie ihr Gesäß an mir rieb und mein verräterischer Unterleib reagierte augenblicklich. Meine Hand tastete nach ihrem Busen. Nicht so zärtlich wie in der Nacht, sondern hungrig und fast schon roh. Ihr Stöhnen heizte mich an, ihre zarte Haut brachte mich fast um den Verstand. Ich hob das linke Bein und legte es über ihren Oberschenkel, sodass ihr Po jetzt ganz nah bei mir weilte. Leah rieb sich weiter an mir. Wimmerte, weil sie es in diesem Moment genauso hart brauchte wie ich.

Abrupt ließ ich sie los, drehte sie auf den Rücken und fummelte aus meinem Nachtschrank einen Dildo heraus. Sie war so feucht, dass ich ihn problemlos in sie einführen konnte. Leah stöhnte. Je mehr ich den Gummischwanz bewegte, desto mehr bäumte sie sich auf. Reckte mir ihre wunderschönen Brüste entgegen und ich gab dem Drang nach, ihre Nippel mit meinen Lippen zu umschließen. Ihr Becken tanzte auf dem Dildo, liebkoste ihn, genauso wie ihre Hand mich liebkoste. Ebenso ausgehungert und gierig wie ich. Als sie kam, warf sie den Kopf in den Nacken und stöhnte laut meinen Namen. Ich hatte mein Gehirn völlig abgeschaltet und als ihr lustverzerrtes Gesicht sah, wurde ich von meinen eigenen Emotionen gepackt. Wie eine Lawine riss mich der Höhepunkt mit, so heftig, dass ich fast krampfte. Ich legte den Dildo zur Seite, rollte mich auf sie und küsste sie. Gemeinsam genossen wir den abklingenden Orgasmus und gaben uns erst frei, als etliche Minuten verstrichen waren.

Während Leah duschte, hatte ich Kaffee gekocht und schalt mich innerlich, dass ich gerade dabei war, meine eigenen Regeln zu brechen. Wir hatten unsere Nacht - das war's. Aus und vorbei. Bye Bye, Leah. Und doch ... Als sie sich an den Tisch setzte, Milch in ihren Kaffee goss und mich dabei lächelnd ansah, wurde mir ganz warm. Es war falsch! Absolut und so was von falsch! Ich konnte keine Beziehung gebrauchen. Ich war Raffa, die Kampflesbe, die sich jedes Wochenende irgendein anderes Mädchen aussuchte. Mein Leben war perfekt, so wie es war. Punkt!

»Ich fahre am Montag in den Urlaub«, sagte sie, wohl um die peinliche Stille zu unterbrechen. »Es sind Semesterferien.«

»Aha. Und wohin geht's?« Sie sollte nicht denken, dass ich an ihrem Leben teilhaben wollte. Auch wenn mein Magen eine Etage tiefer rutschte, als ich das hörte.

»Skandinavien. Dänemark, um genau zu sein. Die Eltern einer Freundin haben dort ein

Ferienhaus.«

»Und wie lange bleibst du?« Klang das jetzt nicht doch etwas zu interessiert?

»Drei Wochen.« Leah blickte mich erwartungsvoll und irgendwie fast entschuldigend an.

»Super.« Was wollte sie von mir hören? Dass ich sie bat, nicht zu fahren? »Ihr Mädels habt bestimmt eine Menge Spaß.«

»Ja.« Sie schlürfte ihren Kaffee und wirkte plötzlich traurig. »Vielleicht sehen wir uns danach ja mal wieder im Club?!«

»Möglich. Ich hänge da ja ständig herum«, sagte ich so emotionslos, wie es mir möglich war. Eigentlich hätte ich etwas ganz anderes sagen wollen. Nämlich, dass ich sie jetzt schon vermisste. Dass es vielleicht nicht bei dieser einen Nacht bleiben musste. Dass wir das, was wir letzte Nacht getrieben hatten, durchaus noch mal wiederholen konnten. Aber das wäre gegen meine Regeln gewesen. Niemals Wiederholungssex mit derselben Frau.

Ich hatte mich umgedreht, um mir noch einen Kaffee einzugießen, und bekam daher nicht mit, wie Leah aufgestanden war und sich leise auf die Türe zubewegt hatte.

»Tja, ich werd dann mal. Es war wunderschön, weißt du? Aber es war ja abgemacht, dass es nur ein One Night Stand ist, richtig?«

»Richtig«, stimmte ich ihr zu. »Ich wünsche dir einen schönen Urlaub.«

Sie nickte, wirkte etwas unsicher, wie wir uns verabschieden sollten, doch dann küsste sie mich flüchtig und ging. Ich blieb alleine zurück und haderte mit mir. Wir hatten nicht mal Telefonnummern ausgetauscht. Ich kannte nicht einmal ihren Nachnamen. Für den Bruchteil einer Sekunde überlegte ich, ob ihr nachlaufen sollte. Meine Hand legte sich wie von selbst auf die Türklinke, so, als hätte sie ein Eigenleben entwickelt. Doch ich zog sie zurück, als hätte ich mich verbrannt. Leah wusste es und ich wusste es auch. Es würde nicht weitergehen. Nicht heute, nicht morgen und auch nicht in drei Wochen. Dumm nur, dass ich - als ich das Bett abzog - an dem Kopfkissen roch, auf dem sie geschlafen hatte. Der ganze Raum war erfüllt von Leahs Duft. Eine Mischung aus Vanille, Schweiß und Sex. Alleine dieser Duft törnte mich total an und ich wünschte, sie wäre geblieben und ich könnte sie jetzt nackt vor mir liegen haben. Vor meinem inneren Auge sah ich sie bei ihrem letzten Orgasmus. Wie schön sie ausgesehen hatte. Zerbrechlich, leidenschaftlich und stark. Die roten Haare auf dem Kissen ausgebreitet, die Wangen in ein zartes Rot getaucht. Ihre Brüste, die im Takt zur Bewegung ihres Beckens wippten. Wie gut sie geschmeckt hatte. Ich spürte sie noch auf meiner Zunge, ich ... ich musste damit aufhören! Entgegen jeglicher Vernunft faltete ich den Kopfkissenbezug zusammen und legte ihn in den Nachtschrank.

Am Abend ging ich wieder in den Club - es war ja Wochenende und normalerweise hörte ich nicht vor Sonntags auf, irgendwelche Frauen flachzulegen. Doch ertappte ich mich dabei, wie ich nach nur einer Person Ausschau hielt. Alle anderen waren mir egal. Wie konnte ich nach dem Sex mit Leah überhaupt auf den Gedanken kommen, mir eine andere Frau ins Bett zu holen? Ich wartete und wartete und während ich das tat, überlegte ich mir, was ich ihr denn hätte sagen sollen. Dass ich mich danach sehnte, sie wieder in meinem Bett zu haben? Dass ich mich nicht an unsere Abmachung halten konnte? Dass ausgerechnet ich mich nach der Gesellschaft einer einzigen, anderen Person sehnte? Ich würde mich total lächerlich machen, nicht nur, weil ich um einiges älter war als Leah, sondern auch, weil ich einen gewissen Ruf hatte.

Scheiß auf den Ruf!

Scheiß auf alles!

Scheiß auf jede dieser Pussys, die mir entweder böse Blicke zuwarfen, weil ich sie ausgenutzt hatte oder sich erneut anbiederten.

Resigniert verließ ich lange vor Mitternacht den Club. Leah war nicht aufgetaucht, also was sollte ich hier? Ihr Duft hing noch in meiner Wohnung, es wäre zu früh, etwas Neues anzufangen.

Am Montag ging ich wie gewöhnlich ins Büro. Ganz die Fachfrau, die ich war. Nichts deutete darauf hin, wie ich meine Wochenenden verbrachte, es ging niemanden etwas an. Und schon gar nicht, dass ich pausenlos darüber nachdachte, dass Leah jetzt auf dem Weg nach Dänemark war. Dänemark! Das war zwar nicht so weit weg, aber immer noch zu weit, um sie einfach anzurufen und sie zu bitten, vorbeizukommen. Lustig irgendwie. Ich hatte ja ihre Nummer nicht. Noch nicht mal ihren Nachnamen. Verdammt. Selbst wenn ich gewollt hätte, hätte ich nicht gewusst, wie ich sie erreichen konnte. Wohl oder übel stand fest: Es war nur diese eine Nacht gewesen und ich sollte mich schleunigst damit abfinden! War ich denn nicht eigentlich zu alt, um kleinen Studentinnen hinterherzurennen? Sicher, ich hatte ihr einen hammermäßigen Orgasmus beschert, aber den würde sie in ihrem Leben noch tausendfach bekommen. Na ja, eigentlich war es mehr als ein Orgasmus, wie ich in aller Bescheidenheit anmerken möchte. Trotzdem ... Wer war ich denn, dass ich dachte, ich könne eine Frau wie Leah an mich binden?

Ich war jenseits der Dreißig, hatte immer alleine gelebt, weil ich es so gewollt hatte, und war schlichtweg versaut. Ja, man muss sich auch mal etwas eingestehen. Bei einem Mann würde man sicherlich sofort an einen sexy Bad Boy denken, bei mir als Frau wohl eher an Schlampe. Na und? Ich stand dazu. Ich liebte Sex, was ist daran verkehrt? Außerdem war noch keine Frau dabei gewesen, mit der ich mir hätte vorstellen können, den Rest meines Lebens zu verbringen. Wie kam ich eigentlich auf den Gedanken, Leah könnte Lady Right sein? Sie war doch überhaupt noch nicht fertig. So jung und auch wenn ich sie durchaus im Bett unterschätzt hatte, war es sicherlich nicht fair, sie ausgerechnet an mich zu binden, oder?

Meine Konzentration bei dem Geschäftsmeeting war für den Arsch. So unprofessionell war ich sonst nicht. Hätte ich mich entschuldigen sollen? Mein Gegenüber fragen, ob er schon einmal eine heiße Rothaarige gevögelt hatte, die er danach nicht aus dem Kopf bekam? Vielleicht sollte ich das tun, denn ganz eventuell, hätten wir eine Erfahrung, die wir teilen konnten. Sinn ergab mein ganzes Kopfkarussell nicht, weswegen ich beschloss, Leah ein für allemal aus meinen Gedanken zu verbannen. Ich brauchte mir einfach nur jemand Neues zu suchen und Leah wäre Schnee von gestern. War doch ganz einfach, oder?

Ausnahmsweise ging ich also auch am Montagabend in den Club. Es war zwar um einiges ruhiger als am Wochenende, aber für meine Zwecke reichte es. Nach nur einer Stunde wurde ich fündig. Jaqueline hieß die Maus, die ich schon kannte. Hübsch, aber nichts Weltbewegendes. Sie tat immer so offen.

»Mein Freund hat nichts dagegen, ich bin nun mal bi«, wiederholte sie ständig.

Da ich wusste, dass sie ihren Freund sowieso nie verlassen würde, war sie für mich genau die Richtige. Sie ließ sich verwöhnen, ohne selbst wirklich aktiv zu werden, aber sie hielt wenigstens die Klappe und verschwand, nachdem sie bekommen hatte, was sie wollte. Es war so öde, dass ich mir am liebsten ins Bein geschossen hätte, um überhaupt irgendwas zu fühlen. Aber wenigstens lenkte mich ihre Muschi ein paar

Stunden von dem Gedanken an Leah ab.

Am Dienstag wiederholte ich das Spiel, ebenso am Mittwoch und Donnerstag. Nur leider blieb der Erfolg aus. Am Freitag hatte ich so die Schnauze voll, dass ich freiwillig zu meinen Eltern in die Provinz fuhr und dort das Wochenende verbrachte. Wie ich es hier hasste! Dörfische Spießigkeit - kein Wunder, dass ich nach dem Abi damals das Weite gesucht hatte. Die meisten Nachbarn hatten über mich die Nase gerümpft, viele wollten nach meinem Coming Out nichts mehr mit mir zu tun haben, jedoch hatte ich eine heimliche Affäre.

Ihr Name war Sina. Vielleicht sollte ich meine Eltern fragen, ob sie immer noch hier lebte und was aus ihr geworden war? Eigentlich hatte Sina mir damals die Augen geöffnet. Wir hatten uns einmal die Woche im Gartenhäuschen ihrer Eltern getroffen, wenn diese zum Kartenspielen bei Nachbarn gewesen waren. Ich hatte mich irgendwann ernsthaft in sie verliebt, doch sie war nicht bereit, unsere Beziehung öffentlich zu machen. Auch uns gehörte nur eine Nacht einmal die Woche. Ich bat sie, mit mir wegzugehen, doch auch das lehnte sie ab. Schwer enttäuscht zog ich alleine fort und hatte seitdem nie wieder eine Beziehung. Diese *Eine-Nacht-Geschichten* wurden zu meinem Markenzeichen. Zu mehr war ich einfach nicht bereit. Sina hatte mein Herz gebrochen und auch wenn es schon einige versucht hatten zu flicken, ich ließ es nicht zu. Bis ich Leah traf. Verdammt! Was Sina wohl machte? Ich entschied, meine Mutter tatsächlich danach zu fragen.

»Hast du mal was von Sina, wie hieß sie noch gleich, gehört?«, fragte ich beiläufig, als ich den Tisch auf der Terrasse deckte. Mein Vater hatte den Grill angeschmissen und mir knurrte bereits der Magen, beim Anblick der Steaks, die verführerisch vor sich hinbrutzelten.

»Sie heißt jetzt Weber«, antwortete meine Mutter, mit einem schwer zu deutenden Seitenblick. »Im Gegensatz zu dir hat sie sich nie geoutet und führt jetzt ein Leben wie alle anderen. Haus, Ehemann, zwei Kinder.«

Ich hielt in der Bewegung inne und sah sie mit großen Augen an.

»Du hast es gewusst?«

»Natürlich habe ich von eurer kleinen Liebelei gewusst. Ich bin deine Mutter!« Sie lächelte und zwinkerte mir zu. »Dass du bis heute keine anständige Beziehung hast, liegt wohl an ihr, hm? Ich ahnte es schon damals, dass Sina mehr für dich war, als nur ein kleines Abenteuer.«

Meine angepasste Mutter! Sie hatte damals damit zu kämpfen, als ich ihr sagte, dass ich lesbisch sei. Aber sie hatte sich damit arrangiert - irgendwann zumindest. Dennoch redeten wir selten darüber, sie schob es weit von sich. So als wäre es nicht real, wenn wir es nur totschwiegen. Dass sie ein solches Feingefühl besaß, war mir neu. Eigentlich war es das erste Mal, dass wir über mein Liebesleben sprachen.

»Na ja, das ist jetzt auch schon egal, oder?« Ich grinste schief. »Vielleicht wäre einiges anders gelaufen, wenn ...« Ja, was wenn? Wenn sie mit mir gegangen wäre? Sina wäre nie dazu bereit gewesen, ihren Eltern den

Rücken zu kehren, denn die hätten unsere Beziehung niemals im Leben akzeptiert.

»Das werden wir wohl nie erfahren«, antwortete meine Mutter. »Geh sie doch mal besuchen. Sie und ihr Mann haben das Haus ihrer Eltern übernommen, da diese ihren Ruhestand lieber in einem Wohnmobil verbringen, mit dem sie quer durch die Weltgeschichte reisen.«

»Ich weiß nicht. Was soll ich ihr denn sagen?« Hallo? War ich eine erwachsene Frau oder ein dämlicher Teenie, der die Zähne nicht auseinanderbekam? »Ja, ich geh nach dem Essen mal rüber. Kann ja nicht schaden, einfach mal Hallo zu sagen.«

Eigentlich hatte ich nach der Grillorgie keine Lust mehr, mich zu bewegen, aber Neugierde schlug Faulheit. Also schnappte ich mir das Fahrrad meiner Mutter und radelte damit durchs Dorf. Erinnerungen wurden wach, je näher ich Sinas Haus kam. Ich sah sie schon von weitem und blieb stehen. Sie befand sich im Vorgarten und schnitt die Hecke. Natürlich, im dörfischen Idyll musste alles seine

Richtigkeit haben, auch die Höhe der Hecken. Hinter ihr rannten zwei kleine Jungs herum, etwa im Alter von zwei bis vier Jahren. Einen Moment haderte ich mit mir, beobachtete noch eine Weile die Szene und fuhr weiter. Sina schaute hoch, als ich das Fahrrad an den Gartenzaun lehnte. An ihrem Blick konnte ich merken, dass sie mich sofort erkannte. Ihr Gesicht lief feuerrot an, bevor es kalkweiß wurde.

»Raffa«, flüsterte sie beinahe geschockt und ich fürchtete, sie würde jeden Moment in Ohnmacht fallen.

»Hi.« Ich tat lässig, war aber nicht minder aufgewühlt wie sie.

Sina war füllig geworden. Nicht unansehnlich. Ich hatte nichts gegen Rundungen und Polster. Es war auch nicht ihre Figur, die mich schockierte, sondern ihre ausdruckslosen Augen und das biedere Hausfrauenauftreten. An dieser Frau war nichts mehr so, wie es früher einmal gewesen war. Die köterblonden Haare waren zu einem unordentlichen Zopf gebunden, ihre Füße steckten in klobigen Gartenclocks und ihre Klamotten schrien: »Verbrennt uns, auf dass wir nie wieder das Auge unseres Gegenüber beleidigen!« Was war nur aus ihr geworden?

»Gut siehst du aus«, sagte sie, als sie sich etwas gefangen hatte. Ich hätte gerne dasselbe gesagt, aber diese Lüge wollte einfach nicht über meine Lippen kommen.

»Danke«, murmelte ich stattdessen. »Du lebst also noch immer hier.« Eine Feststellung, weil mir einfach nichts Besseres einfiel.

»Ja.« Sina drehte sich kurz zu ihren Jungs um, die mich neugierig beäugten. »Das sind meine«, sagte sie überflüssigerweise. »Marvin und Elias.« Sie atmete schwer und schien sich zu wünschen, ich würde nicht hier an ihrem gepflegten Gartenzaun stehen und sie belästigen. »Bist du immer noch in Berlin?«

»Ja.« Ich musste sie jetzt einfach fragen und wenn es nur deswegen war, um mein Seelenheil wiederzufinden. »Warum, Sina? Ist es das, was du wolltest? Wen aus dem Dorf hast du geheiratet? Achim? Mario?«

Sie senkte den Blick und ihre Wangen färbten sich erneut rot.

»Holger«, antwortete sie leise. »Ich bin

doch nicht rausgekommen, welche andere Wahl hatte ich denn?« Als sie mich wieder ansah, bemerkte ich Tränen in ihren Augen.

»Die Wahl, mit mir zu kommen. Wir hätten uns in Berlin gemeinsam etwas aufbauen können. Was machst du jetzt? Spielst Hausfrau und Mutter? Macht dich das glücklich?«

»Meine Kinder machen mich glücklich, ja«, meinte sie fast trotzig.

»Schon klar, aber auch Holger?«

Meinem Blick ausweichend schnippelte sie weiter an der Hecke.

»Wir waren jung, Raffa. Ich wusste nicht, was ich wollte. Das mit dir war zweifelsfrei toll, aber ich bin nicht wie du. Guck uns doch an. Du siehst immer noch aus wie damals, scheinst keinen Tag gealtert zu sein. Und ich ... na ja, wenn man Kinder hat, muss man sich anpassen. Ich habe keine Zeit, mich morgens lange zu schminken und schicke Klamotten sind auch fehl am Platz.«

»Klar, weil du auch aufgehört hast, eine Frau zu sein«, gab ich ironisch zurück. »Du warst ganz einfach feige. Erzähl mir nicht, dass du dich nur ausprobieren wolltest.«

Entnervt ließ sie die Schere sinken.

»Was willst du, Raffa? Tauchst nach so vielen Jahren hier auf, nur um mir Vorwürfe zu machen? Ja verdammt, ich bin eine von denen geworden, die nur noch für ihren Mann und ihre Kinder da sind. Was willst du hören? Dass ich lieber mit dir gefickt habe als mit meinem Mann?« Als sie merkte, wie laut sie geworden war, schaute sie sich schnell nach allen Seiten um und senkte dann ihre Stimme. »Es ist wie es ist, Raffa. Glaub mir, ich habe es tausend Mal bereut, nicht mit dir gegangen zu sein. Aber ich habe meine Wahl getroffen und muss damit leben. Es tut mir leid, wenn ich dich verletzt habe.«

»Verletzt trifft es nicht annähernd«, erwiderte ich. »Ich habe dich geliebt, Sina, weißt du das eigentlich? Ich wollte mir ein Leben mit dir aufbauen.«

»Ich weiß«, antwortete sie leise. »Ich habe dich auch geliebt, aber meine Angst vor Ablehnung war stärker. Wir haben das Gartenhaus übrigens abgerissen. Ich konnte dort einfach nicht mehr hineingehen, ohne an dich - uns - zu denken. Aber es ist zu spät.

Was wir hatten, ist nicht mehr als eine Erinnerung, die mehr und mehr verblasst. Leb dein Leben mit einer anderen, Raffa. Tu mir den Gefallen und sei wenigstens du glücklich.«

Dummerweise wusste ich nichts darauf zu erwidern. Sie hatte mich freigegeben, ohne es zu wissen. Ohne zu wissen, dass sie der Grund dafür war, dass ich seit mehr als zwölf Jahren nur in der Weltgeschichte herumvögelte, ohne mein Herz an eine andere Frau zu verschenken. War es das, was ich gebraucht hatte? Ihre Worte, dass sie mich freiließ? Zu sehen, dass sie ohne mich unglücklich war? Ich fühlte mich mies, gleichzeitig aber auch befriedigt. Sina hatte dafür gebüßt, dass sie mich weggestoßen hatte. Vielleicht konnte mein Herz jetzt endlich heilen.

»Ich will dich nicht weiter stören«, sagte ich und hatte schon den Lenker des Fahrrades in der Hand. »Vielleicht sieht man sich mal wieder. Mach's gut.«

»Du auch.« Sie nickte mir zu, hielt mich aber noch mal zurück, bevor ich mich auf den Sattel schwingen konnte. »Vielleicht kann ich dich mal in Berlin besuchen? Um der alten

Zeiten Willen? Holger ist viel auf Montage, ich könnte also ...«

»Nein, Sina. Es gibt da jemand in meinem Leben, der mir wichtig ist. Wie du schon treffend bemerkt hast: Unsere Zeit ist eine verblassende Erinnerung. Aber ich werde dir gerne auf andere Art helfen, falls du dich entschließt, ein anderes Leben zu führen. Ein Leben, das dich wirklich glücklich macht«, bot ich an, wusste aber, dass es nie dazu kommen würde.

»Hm, danke.« Sinas Mimik fiel noch mehr in sich zusammen. Natürlich wusste auch sie, dass sie niemals diesen Schritt gehen würde.

Ihr und den Jungs zuwinkend fuhr ich davon und sah dann nicht mehr zurück. Dieses Kapitel in meinem Leben war ein für alle Mal abgeschlossen.

Bereits am nächsten Tag fuhr ich nach Hause und atmete durch, als ich endlich wieder Stadtluft schnupperte. Das, was ich Sina gesagt hatte, entsprach der Wahrheit. Leah war ein Mensch, der mir wichtig war. Sehr wichtig sogar, das Problem war nur, dass ich sie nach wie vor nicht erreichen konnte. Vielleicht würde ich auch sie nie wiedersehen. Mein Herz wäre dann zum zweiten Mal gebrochen, aber noch wollte ich den Kopf nicht in den Sand stecken. Leah war eine Frau, um die es sich zu kämpfen lohnte. Ich wollte sie! Bei dem Gedanken daran, wie sie nackt in meiner Wohnung gestanden hatte, wurde mir ganz anders. Mein dummes Herz machte einen kleinen Stolperer und mein Magen fühlte sich ganz flau an. Scheiße! Bestimmt würde ich auch noch anfangen, ein dämliches Honigkuchenpferdgrinsen aufzusetzen, denn genau das taten Verliebte. Und ja, ich war in Leah verknallt! Ich wollte sie unbedingt besser kennenlernen, alles an ihr. All ihre guten Eigenschaften und auch die schlechten. Ich wollte ihren wunderbaren Körper in den Armen halten, und zwar jede Nacht. Ich wollte sie küssen und vögeln, bis sie an nichts anderes mehr denken konnte, als nur mir gehören zu wollen.

Ich drehte durch!

Raffa, die Romantikerin! Das war neu. Das war scheiße, ehrlich gesagt.

Als ich die Türe zu meiner Wohnung aufschloss, fiel ein zusammengefalteter Zettel zu Boden, der in der Türe eingeklemmt worden war. Stirnrunzelnd bückte ich mich, hob ihn auf und faltete ihn auseinander. Eine Nummer. Nichts weiter als eine Handynummer. Da war es: das dämliche Honigkuchenpferdgrinsen.

Raffa, die Liebeskranke!

Natürlich wusste ich, von wem der Zettel stammte und grinste noch breiter. Ich hätte gedacht, Leah hätte eine schönere Handschrift. Nur gut, dass Frau Lehrerin keinen Unterricht in Schönschreiben gab. Kaum, dass ich die Wohnung betreten hatte, warf ich meine Klamotten aufs Bett, nahm mein Telefon zur Hand und tippte die Nummer ein.

»Hey Raffa!« Ich spürte, wie Leah am anderen Ende der Leitung schmunzelte. War es Instinkt, dass sie wusste, wer sie anrief?

»Hey du«, antwortete ich. Mein Herz klopfte wie verrückt und ich litt plötzlich unter Schweißausbrüchen. »Stalkst du mich?«, fragte ich lachend.

»Sieht so aus.« Sie lachte ebenfalls. »Ich bin früher aus Dänemark abgehauen, es war stinklangweilig. Außerdem ... Ich weiß, was wir abgemacht hatten, Raffa. Nur eine Nacht und so. Aber ich habe dich einfach nicht aus dem Kopf bekommen. Glaubst du, du könntest dich zu einer Wiederholung durchringen? Vielleicht kann daraus mehr werden, vielleicht spinne ich auch einfach nur herum. Aber ich möchte es zumindest versuchen, weil ich dich echt mag«, redete sie ohne Punkt und Komma. »Ich quatsche zu viel, hm?«

»Kann man so sagen.« Ich grinste. Während ich ihrem Atmen lauschte, musste ich mich selbst unter Kontrolle bringen. Leah hatte genau das ausgesprochen, was ich dachte. Sie fühlte also ebenso wie ich - das war auf jeden Fall schon mal eine gute Voraussetzung. »Ich bin heute Abend im Club«, sagte ich. »Lass uns sehen, was passiert.«

»Ja«, hauchte sie. »Lass uns sehen, was passiert.«

Ich drückte das Gespräch weg und schloss

die Augen. Alleine ihre Stimme brachte meine unteren Gefilde dazu, fast auszulaufen. Normalerweise hätte ich dem sofort Abhilfe geschafft, aber diesmal nicht. Das Kribbeln zwischen meinen Beinen sollte mich daran erinnern, was ich wollte. Und wenn ich Leah heute Nacht im Arm hielt, sollte sie spüren, wie heiß ich auf sie war. Leider war es schwer, die Stunden bis zum Abend zu überbrücken, denn jedes Mal, wenn meine Gedanken zu Leah abschweiften, zog sich mein Unterleib so sehr zusammen, dass ich nur noch an animalischen, dreckigen Sex denken konnte.

Raffa, die Wollüstige! Okay, das war jetzt wirklich nichts Neues.

Ich verplemperte die Zeit vor dem Fernseher und stellte fest, dass über Tag nur Schrott lief. Egal. Das miese Programm hielt wenigstens meine Libido im Zaum. So verzweifelt war ich dann doch nicht, dass ich feucht wurde beim Anblick schwachsinniger Gerichtsshows. Als der Abend nach endlos zähen Stunden endlich näher gerückt war, ging ich duschen, und zwar ausgiebig. Jeder

Winkel meines Körpers wurde dreimal chemisch gereinigt und rasiert. Meine Aufregung stieg. War das heute mein allererstes Date? Ja, das war es. Wie hielten das andere Menschen bloß aus? Menschen, die ständig irgendwelche ersten Dates hatten? Ich hatte schon von einigen gehört, die in längeren Beziehungen steckten, sie wünschten sich die Zeit ihres ersten Dates zurück. Was war daran bitteschön toll? Ich war ein nervliches Wrack. Ernsthaft, ich wäre gerne in irres Gekicher ausgebrochen, weil meine Nerven nur so flatterten. Ich konnte gut Frauen anbaggern und ihnen die besten Stunden ihres Lebens schenken, aber was machte man bei einem richtigen Date? Reden - das war schon mal eine Option. Schließlich wollten Leah und ich uns besser kennenlernen und uns nicht nur auf Sex reduzieren. Auf den geilsten Sex, den ich jemals gehabt hatte.

Schluss damit!

Wenn ich jetzt wieder an Sex mit Leah dachte, käme ich heute bestimmt nicht mehr aus dem Haus. Mein Magen knurrte und mir fiel ein, dass ich heute, außer ein Frühstück bei meinen Eltern noch nichts gegessen hatte. Aber ich hätte keinen Bissen herunterbekommen bei meiner Nervosität. Auf der anderen Seite war es nicht wirklich sexy, mit einem knurrenden Magen bei einem Date zu erscheinen. Wir könnten essen gehen. Das machte man doch so, oder?

Bevor ich letztendlich loszog, trank ich noch ein Glas Wein, um wenigstens etwas herunterzukommen, und hatte mich schließlich so weit unter Kontrolle, mich in den Kampf zu stürzen.

Sie stand an der Theke, mit dem Rücken zu mir. Das lange, rote Haar hing ihr in sanften Wellen über den Rücken, ein Bein hatte sie angewinkelt, das andere wippte im Takt der Musik mit. Ihr runder Po wurde nur knapp vom Rock eines roten Sommerkleidchens bedeckt, sodass ich ihre langen Beine in voller Pracht bewundern konnte. Langsam näherte ich mich der Theke, lehnte mich dann lässig dagegen und orderte ein Bier.

»Hi, ich bin Raffa«, sagte ich grinsend, als Leah mich ansah.

»Freut mich Raffa, ich bin Leah.« Ebenfalls grinsend streckte sie mir ihre Hand entgegen, die ich ergriff und einen Moment festhielt.

»Ich bin ehrlich: Ich habe eine Scheißangst«, gab ich zu. »Das ist neu für mich.«

»Ich weiß.« Ihr Gesicht kam näher an meins und kurzerhand drückte sie mir einen Kuss auf die Wange. Ihr Gesicht verweilte an Ort und Stelle, sodass ich ihren Atem spüren konnte. Sie wollte es ebenso wie ich. »Wir sollten uns unterhalten, bevor wir einen weiteren Schritt gehen«, raunte sie. »Obwohl ich gestehen muss, dass ich den ganzen Tag an nichts anderes denken konnte, als mit dir zu schlafen.«

Ich schluckte hart. Leah war ein kleines Biest. Schon beim ersten Mal hatte sie ganz genau gewusst, wie sie mich scharf machte. Es war jetzt an mir, die Kontrolle wiederzuerlangen und zuzusehen, dass wir nicht doch wieder sofort im Bett landeten. Es war so schwer! So verdammt schwer!

Räuspernd drückte ich sie eine Armlänge

von mir weg, nahm das Bier entgegen, welches mir gereicht wurde und machte einen auf hochkonzentriert.

»Wie war es in Dänemark?«, fragte ich.

»Na ja, es war ganz nett - zu Anfang. Dann haben sich meine Freundinnen irgendwelche Kerle angelacht und ich fühlte mich wie das fünfte Rad am Wagen.« Sie zuckte mit den Schultern, während sie an dem Strohhalm sog, der in ihrem Cocktail steckte. »Die Leute neben uns im Ferienhaus reisten ab und ich nutzte die Gelegenheit und bin mitgefahren.«

»Ich war bei ein paar Tage bei meinen Eltern in der Pampa«, erzählte ich.

»Aha.«

»Ja.«

Was taten wir hier eigentlich? Wir waren so verkrampft, dass ein unverfängliches Gespräch kaum möglich war. In unser beider Köpfe tickte eine Zeitbombe, wir hingen demselben Gedanken nach, also wem wollten wir etwas vormachen? Während ich schwer atmend zu ihr sah, warf sie mir durch ihren dichten Wimpernkranz einen eindeutigen Blick zu.

»Vielleicht sollten wir das Reden auf später verschieben?«, sagte ich und tastete nach ihrer Hand, die auf dem Tresen lag. Mein Daumen strich über die zarte Haut und ich spürte, dass sie ganz und gar gewillt war, auf meinen Vorschlag einzugehen.

Sie stellte ihr Glas beiseite, zog mich durch die Menge hinaus ins Freie und fiel mir um den Hals.

»Ich will dich, Raffa. Jetzt sofort!«, hauchte sie in mein Ohr und knabberte gleichzeitig an meinem Ohrläppchen.

Was gab es daran zu missverstehen? Arm in Arm rannten wir fast zu meiner Wohnung. Als ich aufschloss, hing sie an mir, biss in meine Lippe und reizte mich mit ihrer Zunge. Und endlich hatte ich Leah wieder da, wo ich sie die ganze Zeit hatte haben wollen: In meinen vier Wänden, wo ich all das mit ihr anstellen konnte, wovon ich die ganze Zeit geträumt hatte.

So schnell war ich wohl noch nie aus meinen Klamotten, die gemeinsam mit ihren achtlos auf den Boden flogen. War sie beim letzten Mal auch schon so schön gewesen? Ich nahm ihre Nippel zwischen meine Lippen und saugte zärtlich daran, bis ein tiefer, kehliger Laut ihrem Mund entwich. Ihre Hände hatte sie in meinen Haaren vergraben und sanft, aber bestimmt, drückte sie meinen Kopf etwas tiefer. Ich würde nicht lange brauchen, bis sie explodierte. Ihr Hunger auf mich war ebenso groß, wie meiner auf sie. Wir beide wollten es in diesem Moment nicht langsam angehen lassen, dafür war später noch Zeit. Wir wollten uns spüren und unsere aufgestaute Leidenschaft entladen. Schnell! Ja, wir hatten es beide eilig, doch das spielte keine Rolle.

Als ich meinen Kopf zwischen ihre weit-geöffneten Schenkel schob und meine Zunge über ihre sehr feuchte Mitte gleiten ließ, wusste ich, dass ich nie wieder eine andere Frau verwöhnen wollte. In Zukunft sollte nur noch Leah in diesem Bett liegen. Während ich sie leckte, als sei sie die einzige Frau auf der Welt, bäumte sie sich auf und kam mit einer Intensität, dass es mich selbst fast an den Rand eines Orgasmus katapultierte, nur weil ich Leah dabei zusah. Sie zuckte und wand sich und sah dabei so göttlich aus, dass ich ihr am liebsten vierundzwanzig Stunden einen Orgasmus geschenkt hätte. Verschwitzt und halbwegs befriedigt, zog sie mich zu sich hoch und küsste mich stürmisch. Dann drückte sie mich in die Laken und widmete ihre Aufmerksamkeit meinem Körper, der in Flammen stand. Ihre langen Haare streichelten meine Brustwarzen, die sich ihr flehend entgegenreckten. Leah kniff leicht hinein, was ich mit einem leisen Zischen quittierte. Süßer Schmerz zog sich durch meine Eingeweide, als sie die Prozedur wiederholte. Sie mochte es härter und ja verdammt, ich stand auch drauf. Sie wusste genau, was sie tat, um mich an den Rand des Wahnsinns zu treiben. Zwischen süßer Folter und mädchenhafter Sanftheit befand ich mich in einem absoluten Rausch. Ich war gefangen unter ihren Händen, ihrer Zunge und ihren Lippen, die mir gleichermaßen wohlige Schauer durch die Venen jagten und mich fast betteln ließen, sie möge mich endlich kommen lassen. Ihr glühender Blick ruhte auf mir, als sie begann, meine Klitoris zu massieren und immer wieder leicht in mich eindrang. Meine Hände hatten sich längst im Kopfkissen festgekrallt, mein Körper reagierte nur noch instinktiv auf Leahs Berührungen, weil sich mein Gehirn verabschiedet hatte. Es gab nichts mehr zu denken, ich wollte nur noch fühlen.

»Komm für mich, Raffa«, hörte ich ihre Stimme, die einer Sirene ähnlich in meinem Kopf nachhallte.

Leah rutschte näher an mich heran, sodass ich ihre heiße Feuchte auf meinem Schenkel spürte. Das und die unaufhörlichen Bewegungen ihrer Finger brachten mich auf den Gipfel. Ich dachte, ich hätte schon alles erlebt. Wäre zu abgebrüht, um zuzulassen, dass mich eine Frau derart kontrolliert. Doch ich wollte von Leah kontrolliert werden. Gerade in diesem Augenblick wollte ich nichts anderes sein, als ihre willenlose Puppe. Ich schrie förmlich meine Lust heraus, als mich der Orgasmus mit einer Intensität über-rollte, wie ich es noch nie erlebt hatte. Nur am Rande nahm ich wahr, dass auch Leah noch mal kam. Nass und heiß! Unablässig massierten ihre Finger, bis sie schließlich innehielt, an mir herunterrutschte und an meiner geschwollenen Perle zu saugen begann. Ich glaubte, mein Schädel müsste explodieren. Wieder und wieder ließ sie mich kommen, gnadenlos leckte, küsste und reizte sie mich, bis ich schließlich ein letztes Mal erschöpft zuckte und mein Keuchen abebbte. Sie krabbelte neben mich und drückte mir ihren feuchten Mund auf die Lippen, sodass ich mich selbst schmecken konnte. Fast schon frech grinste sie mich an, als sie von mir abließ und auf mich herunterschaute.

»Du bist die geilste Frau, die ich jemals hatte«, sagte sie und küsste meine Nasen-spitze. »Ich will mehr davon, Raffa. Mehr von dir, mehr von uns. Schick mich nicht wieder weg.«

»Das werde ich nicht«, antwortete ich heiser. Kraftlos strich ich ihr eine Strähne aus dem Gesicht.

Ich, die immer die Kontrolle gehabt hatte, war glücklich darüber, einer Frau mit Haut und Haaren verfallen zu sein. Ich würde Leah nicht wegschicken, nicht heute, nicht morgen und nicht in Zukunft. Sie war meine Zukunft, denn sie tickte genauso wie ich. Wir waren Freigeister, unberechenbar und wild. Wir würden reden und uns besser kennenlernen, aber nicht heute Nacht. Wir würden noch viele Nächte haben, um uns unterhalten zu können, doch verliebt hatte ich mich in dieser einen Nacht, als sie nur für mich getanzt hatte.

Über die Autorin:

Ava Pink ist das Pseudonym der Autorin Nathalie C. Kutscher, unter dem sie erotische Geschichten schreibt.

Mehr Lesbian Romance finden Sie unter www.nathaliekutscher.jimdo.com

oder unter www.telegonos.de/aboutNathalieKutscher.htm